LOS PRINCIPIOS DE LA DEMOCRACIA

¿QUÉ ES EL RESPETO?

JOSHUA TURNER

TRADUCIDO POR ESTHER SARFATTI

PowerKiDS press

New York

Published in 2020 by The Rosen Publishing Group, Inc.
29 East 21st Street, New York, NY 10010

Copyright © 2020 by The Rosen Publishing Group, Inc.

All rights reserved. No part of this book may be reproduced in any form without permission in writing from the publisher, except by a reviewer.

First Edition

Translator: Esther Sarfatti
Editor, Spanish: María Cristina Brusca
Book Design: Reann Nye

Photo Credits: Seriest art Bplanet/Shutterstock.com; cover Monkey Business Images/Shutterstock.com; p. 5 metamorworks/Shutterstock.com; p. 7 andresr/E+/Getty Images; p. 9 Joseph Scherschel/The LIFE Picture Collection/Getty Images; p. 11 https://commons.wikimedia.org/wiki/File:JamesMadison.jpg; p. 13 Pressmaster/Shutterstock.com; p. 15 AFP/Getty Images; p. 17 John Roman Images/Shutterstock.com; p. 19 Alistair Berg/DigitalVision/Getty Images; p. 21 EMMANUEL DUNAND/AFP/Getty Images; p. 22 Rawpixel.com/Shutterstock.com.

Cataloging-in-Publication Data

Names: Turner, Joshua.
Title: ¿Qué es el respeto? / Joshua Turner.
Description: New York : PowerKids Press, 2020. | Series: Los principios de la democracia | Includes glossary and index.
Identifiers: ISBN 9781538349328 (pbk.) | ISBN 9781538349342 (library bound) | ISBN 9781538349335 (6 pack)
Subjects: LCSH: Civil society—United States—Juvenile literature. | Toleration—United States—Juvenile literature. | Respect—Juvenile literature. | Freedom of expression—United States-Juvenile literature. | Democracy—United States—Juvenile literature.
Classification: LCC JK1759.T87 2019 | DDC 300.973—dc23

Manufactured in the United States of America

CPSIA Compliance Information: Batch #CSPK19: For Further Information contact Rosen Publishing, New York, New York at 1-800-237-9932

CONTENIDO

¿QUÉ ES EL RESPETO? 4
LA REGLA DE ORO 6
RESPETO Y DEMOCRACIA 8
LIBERTAD DE EXPRESIÓN 10
RESPETO Y EQUIDAD. 12
¿MERECE RESPETO TODO EL MUNDO?. . . 14
RESPETO POR LA AUTORIDAD 16
FORMAS DE MOSTRAR RESPETO. 18
DESACUERDOS AMABLES 20
SIN RESPETO, NO HAY DEMOCRACIA. . . . 22
GLOSARIO 23
ÍNDICE. 24
SITIOS DE INTERNET 24

¿QUÉ ES EL RESPETO?

El respeto es la **noción** de que todas las personas tienen valor y todas las ideas deben ser compartidas y tomadas en serio. El respeto también se refiere a comprender que a todo el mundo se le da bien algo y que todos tienen un lugar en la sociedad.

El respeto se puede ganar a través de las buenas acciones, el trabajo de calidad o la habilidad en cierta tarea. El respeto es algo que todo el mundo quiere, pero a veces es difícil conseguirlo. Los miembros más respetados de una sociedad suelen ser personas muy trabajadoras, atentas y confiables que contribuyen a su comunidad.

EL ESPÍRITU DE LA DEMOCRACIA

Martin Luther King Jr. fue un **activista** de los derechos civiles respetado no solo por lo que hizo, sino por cómo lo hacía. King no estaba a favor de la **violencia**. En su lugar, realizó **protestas** pacíficas para hacer cambios.

La gente que trabaja arduamente suele ser respetada en su comunidad.

5

LA REGLA DE ORO

La regla de oro señala que siempre debes tratar a los demás de la misma forma que quieres que te traten a ti. Esto significa que, si quieres que los demás te traten con respeto, debes respetarlos. Si **desprecias** a otras personas o les faltas al respeto, seguramente ellos te despreciarán y no pensarán bien de ti.

La falta de respeto en una sociedad va más allá de que la gente te quiera o no. También podría afectar a tu trabajo, tus ideas o incluso tus posibilidades de hacer nuevos amigos.

> Tratar a los demás de la misma forma en que te gustaría que te trataran a ti da buenos resultados para todos.

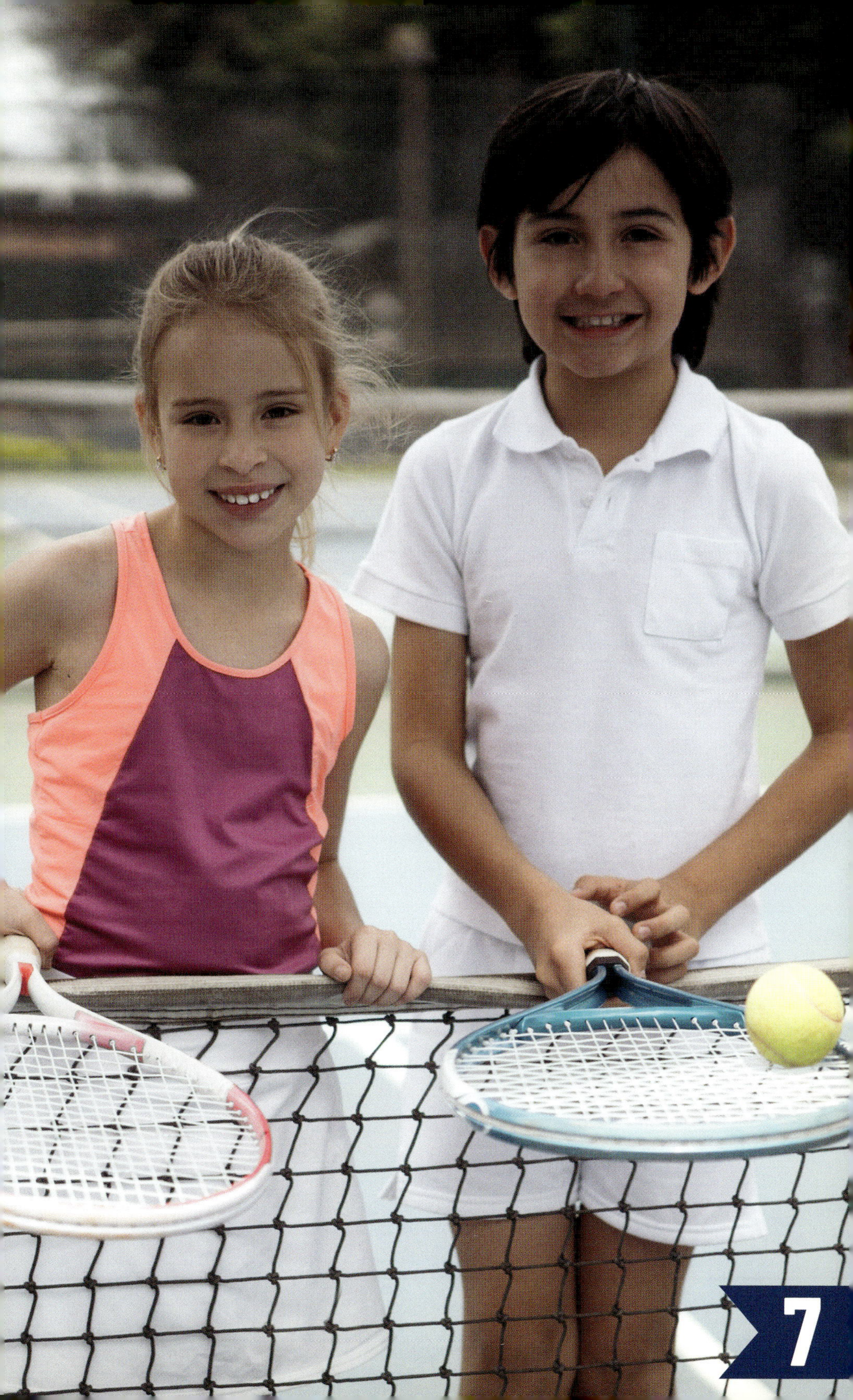

RESPETO Y DEMOCRACIA

En una democracia, cada persona tiene voz y voto en el Gobierno. El respeto es importante porque la gente a menudo no se pone de acuerdo. Las ideas que tiene la gente acerca del Gobierno y las leyes son muy importantes para cada uno. El no respetar las ideas de los demás puede causar problemas.

Aunque todo el mundo tiene voz en una democracia, las cosas no siempre salen como uno quisiera. Es importante respetar todas las opiniones en un **debate**, incluso las del lado perdedor. Piensa en la regla de oro y recuerda que tal vez no estés siempre en el lado ganador.

EL ESPÍRITU DE LA DEMOCRACIA

John Adams fue el primer presidente en perder una campaña de reelección. Aun así, Adams tenía un gran respeto por Estados Unidos, por el cargo de presidente y por la gente que votó por su **adversario**, Thomas Jefferson.

Richard Nixon y John F. Kennedy tomaron parte en el primer debate presidencial televisado. Mostraron respeto el uno por el otro y también por los votantes.

9

LIBERTAD DE EXPRESIÓN

La libertad de expresión implica que todos tienen el derecho a decir su opinión sin miedo a ser **censurados**. Este derecho es la Primera **Enmienda** de la Constitución de Estados Unidos y está basado en la idea del respeto hacia los demás.

Otras personas podrán decir cosas con las cuales no estés de acuerdo, pero en una democracia tienen derecho a decirlas. Sin embargo, la libertad de expresión tiene sus límites. La gente que **anima** a la violencia o que pone las vidas de los demás en peligro no está **protegida** por la Constitución.

> James Madison fue el autor de la Carta de Derechos, la cual forma parte de la Constitución que contiene la Primera Enmienda.

11

RESPETO Y EQUIDAD

La equidad en una democracia significa que cada persona tiene la oportunidad de cumplir sus objetivos o expresar sus opiniones sin importar su **género**, clase social u origen **étnico**. El respeto es muy importante a la hora de tratar a los demás con equidad.

Si no respetas los orígenes de una persona ni el trabajo que aporta a la sociedad, será más difícil que la trates con equidad. Cuando tienes respeto por alguien y por su punto de vista, tratarlo con equidad es mucho más fácil. Esto es bueno para la sociedad.

EL ESPÍRITU DE LA DEMOCRACIA

Una de las razones por las cuales los movimientos de los trabajadores han tenido éxito en Estados Unidos es porque han respetado las contribuciones de los trabajadores a la sociedad.

Cuando tratas a los demás con respeto, es más probable que te traten a ti de la misma manera.

13

¿MERECE RESPETO TODO EL MUNDO?

Si el respeto es bueno para la sociedad, ¿se debería tratar a todas las personas con respeto, hagan lo que hagan? El respeto se da a los demás, pero deben ganarlo con buenas acciones.

Si una persona se porta de tal manera que hace daño o desprecia a los demás, tal vez no merezca ser respetada. Sin embargo, es importante darle a todo el mundo el beneficio de la duda. Esto significa que, hasta que no sepas cómo es una persona, tienes que asumir que tiene buenas **intenciones**.

> Es importante comprender ambos lados de una discusión antes de juzgar a otra persona y decidir no tratarla con respeto.

15

RESPETO POR LA AUTORIDAD

Existen muchas figuras de autoridad que encontrarás a lo largo de tu vida. Los padres, la gente mayor, los agentes de policía, los maestros, los jefes y los empleados públicos son diferentes figuras de autoridad que encontraremos en algún momento de nuestras vidas.

Tener respeto por las figuras de autoridad no quiere decir que siempre estés de acuerdo con ellas, pero sí significa que tomarás en serio lo que digan. Cualquiera puede estar en desacuerdo con el presidente, pero debe respetar su autoridad porque fue elegido por la mayoría de la gente. En una democracia, la voluntad de la mayoría se respeta.

EL ESPÍRITU DE LA DEMOCRACIA

Cuando alguien se presenta para un cargo público y pierde las elecciones, suele expresar su deseo de éxito a su adversario. Es una forma de mostrar respeto por el **proceso** de las elecciones y la voluntad de la mayoría.

La sociedad respeta a las figuras de autoridad, como los agentes de policía, porque ponen sus vidas en peligro para servir y proteger a los demás.

FORMAS DE MOSTRAR RESPETO

En una sociedad existen muchas formas de mostrar respeto por los demás. Dar las gracias a alguien cuando hace algo por ti, escuchar atentamente una opinión con la cual no estás de acuerdo o guardar silencio mientras otra persona habla son algunas formas de mostrar respeto a los demás.

Sin embargo, mostrar respeto no siempre significa que tengas que hacer algo. A veces es más respetuoso *no* hacer nada. Por ejemplo, una manera de demostrar que eres respetuoso, es no gritarle a alguien, aunque diga algo que te enoje.

Hay muchas maneras de mostrar respeto, incluso entre personas que están en equipos opuestos.

19

DESACUERDOS AMABLES

Un aspecto importante del respeto es poder estar en desacuerdo con alguien sin ser desagradable o maleducado. Insultar o gritar a los demás no es bueno para la democracia.

Cualquiera puede tener algo positivo que ofrecer a la sociedad. Pero, si somos desagradables y discutimos cuando no estamos de acuerdo, podríamos perder la oportunidad de escuchar ideas útiles. Mostrar respeto por las personas que expresan puntos de vista diferentes al nuestro hace que compartir ideas sea más divertido y valioso.

EL ESPÍRITU DE LA DEMOCRACIA

Cuando John McCain fue candidato presidencial en 2008, no dudó en decir a sus seguidores que Barack Obama era buena persona, aunque los dos candidatos estaban en desacuerdo en muchas cosas.

Incluso cuando los miembros del Gobierno no están de acuerdo, pueden ser amigos y respetarse los unos a los otros.

21

SIN RESPETO, NO HAY DEMOCRACIA

Para que una democracia funcione, las personas deben respetarse, incluso cuando no tienen el mismo punto de vista. La gente en las sociedades democráticas resuelve sus diferencias hablando de sus problemas y compartiendo ideas.

En una democracia, reconocemos que todo el mundo es valioso y que todas las ideas deben tenerse en cuenta cuando se toman decisiones. Tal vez no estemos siempre de acuerdo con lo que diga alguien, pero esa persona tiene derecho a decirlo y es importante respetar ese derecho.

GLOSARIO

activista: alguien que actúa con fuerza a favor o en contra de una cuestión.

adversario: persona, equipo o grupo que compite contra otro en un concurso o unas elecciones.

animar: tratar de convencer a alguien para que haga algo.

censurar: quitar o corregir cosas que alguien cree que son dañinas para la sociedad.

debate: una discusión en la cual la gente comparte diferentes opiniones acerca de algo.

despreciar: considerar que otra persona no merece nuestro aprecio o respeto.

enmienda: cambio en el texto de una ley o un documento, como en una constitución.

étnico: relacionado con un grupo grande de gente que tiene las mismas costumbres, religión y origen.

género: estado social o cultural de pertenencia al grupo masculino (hombres) o al femenino (mujeres).

intención: algo que una persona piensa hacer.

noción: idea que se tiene de algo.

proceso: serie de acciones que producen algo o que llevan a cierto resultado.

proteger: mantener a salvo, fuera de peligro.

protestar: mostrar una fuerte oposición a algo en un evento público con otras personas.

violencia: usar la fuerza para hacer daño.

ÍNDICE

B
beneficio de la duda, 14

C
Constitución, 10

E
equidad, 12

F
figuras de autoridad, 16, 17

L
leyes, 8
libertad de expresión, 10

M
mayoría, 16

P
Primera Enmienda, 10
puntos de vista, 12, 20, 22

R
regla de oro, 6, 8

V
violencia, 4, 10, 23
voto, 8

SITIOS DE INTERNET

Debido a que los enlaces de Internet cambian constantemente, PowerKids Press ha creado una lista de sitios de Internet relacionados con el tema de este libro. Este sitio se actualiza con regularidad. Por favor, utiliza este enlace para acceder a la lista: www.powerkidslinks.com/pofd/resp